De nuevo ...

¡los Gaskitt!

ALFAGUARA

EL GATO QUE DESAPARECIÓ MISTERIOSAMENTE
Título original: *The cat who got carried away*
publicado por primera vez en 2003 por Walker Books Ltd
87 Vaushall Walk, London

D.R. © ALLAN AHLBERG, 2003
D.R. © De las ilustraciones: Katharine McEwen, 2003
D.R. © De la traducción: Carlos Abio y Mercedes Villegas, 2007

D.R. © de esta edición:
Santillana Ediciones Generales, S.A. de C.V., 2009
Av. Universidad 767, Col. Del Valle
03100, México, D.F.

Alfaguara es un sello editorial del **Grupo Santillana.**
Éstas son sus sedes:

ARGENTINA, BOLIVIA, CHILE, COLOMBIA, COSTA RICA, ECUADOR, EL
SALVADOR, ESPAÑA, ESTADOS UNIDOS, GUATEMALA, MÉXICO, PANAMÁ,
PARAGUAY, PERÚ, PUERTO RICO, REPÚBLICA DOMINICANA, URUGUAY Y
VENEZUELA.

Primera edición: enero de 2009
Primera reimpresión: marzo de 2009

ISBN: 978-607-11-0111-2
Impreso en México

Esta obra se terminó de imprimir en marzo de 2009
en Editorial Impresora Apolo, S.A. de C.V.
Centeno 150 L-6, Col. Granjas Esmeralda, C.P. 09810, México, D.F.

El gato
que desapareció
misteriosamente

Allan Ahlberg
Ilustraciones de Katharine McEwen

ALFAGUARA

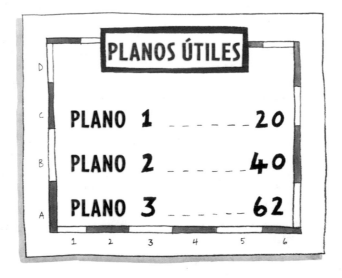

Índice

EN ESTA GRANDIOSA Y GRACIOSA

¡Puff!

¡Puff!

El señor Gaskitt

dedica la mayor part[e]

del tiempo a pasar

la aspiradora.

Gus y Gloria

tienen que correr

un montón.

Pero hay una buen[a]

razón, ¿eh[?]

HISTORIA DE LOS GASKITT

La señora Gaskitt

casi no sale de la cama.

¿Por qué? - - - - -

Y Horacio...

—¡pobre Horacio!—

termina en una tienda de

animales.

¿5 €? ¡Soy una ganga!

También aparecen:

Una ratón que se llama **Ramón**

Una cobaya que se llama **Marisa**

Una maestra que se llama **señorita**

Pestiño (que se cae a menudo)

Sin mencionar una misteriosa

banda de... bueno, luego lo contamos.

¡QUE EMPIECE LA HISTORIA!

Capítulo uno
El cochecito ladrador

Un día por la tarde los Gaskitt estaban en casa sentados todos juntos en la cama de los padres. Todos menos la señora Gaskitt: ella estaba acostada.

¿Y por qué? Sólo son las siete y media

Bueno, estaban bebiendo té, comiendo galletas y mirando el álbum de fotos familiar.

Había una foto de Gus y Gloria de bebés,
una foto de Horacio de cuando era
un gatito y una foto del señor y la señora
Gaskitt... bailando.

—En nuestra luna de miel —dijo la señora
Gaskitt.

—¿Y nosotros?
¿Ya habíamos nacido?
—preguntaron los chicos.

—Todavía no —dijo la señora
Gaskitt—. La casa
era sólo para
nosotros dos.

—Sí —sonrió el señor
Gaskitt—. Era
maravilloso.

(Gloria le empujó)
—Quiero decir aburrido.
(Y Gus le dio
con la almohada)

¡Aburrido!
¡Aburrido!
¡Aburrido!

Mientras tanto, Horacio estaba fuera
sentado en el muro del jardín
viendo pasar la vida.
Vio a un chico en una bici,
a un chico en una patineta,

a una mujer en un coche
y, finalmente,
en la acera de enfrente,
a un hombre que pasaba zumbando
empujando un carrito muy viejo.

Pero lo que llamaba la atención,
y Horacio se dio cuenta,
lo que llamaba la atención era que el
cochecito…

…ladraba.

Capítulo dos

Huevo frito y piña

A la mañana siguiente todos se levantaron.

Gus y Gloria se levantaron
y fueron al colegio.

El señor Gaskitt
se levantó y fue
a comprar.

La señora Gaskitt se levantó,
tomó el periódico, tomó el correo,
se preparó una taza de té y un pastel
de crema, y se volvió a meter
en la cama.

¡Caramba!

Mientras tanto, Horacio estaba otra vez
en el muro del jardín esperando ver y oír
ese cochecito misterioso.

Bueno, en aquel momento
Horacio no vio el cochecito,
pero el señor Gaskitt sí.

Estaba en el coche, en el cruce del colegio,
y pasó por allí, igual que antes, empujado
por el mismo hombre que iba zumbando.
Pero ahora no ladraba, eso no.
Era más como… "un chillido",
pensó el señor Gaskitt.

Cuando Gus y Gloria llegaron al colegio
se encontraron con que algo
terrible había sucedido.
Ramón, el inteligente y cariñoso Ramón,
el ratón de la clase, había…
¡desaparecido!

¡Ah, sí!, y la señorita Pestiño,
mientras intentaba encontrarlo,
se había caído por la ventana.

Los chicos estaban
muy disgustados, por supuesto.
—¡Pobre Ramón! —se lamentaban.
—¡Pobre Ramón!
—¡Pobre Ramón!

¡Ah, sí!, y pobre
señorita Pestiño.

A esa misma hora
el señor Gaskitt estaba
en el supermercado
llenando el carrito.

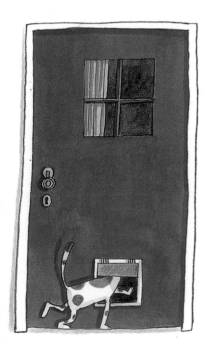

Horacio había
ido a visitar
a un amigo que parecía
haber salido.

La señora Gaskitt
también había salido…
de la cama.   ¡Hurra!

Estaba en el piso de abajo, en la sala
de estar, viendo la tele, con una taza
de chocolate caliente

 ¿Piña?

y un sándwich
de huevo frito y…

…sí, un sándwich
de huevo frito y piña.

Mientras tanto,
en algún lugar
no muy lejano,
el cochecito ese
seguía…

19

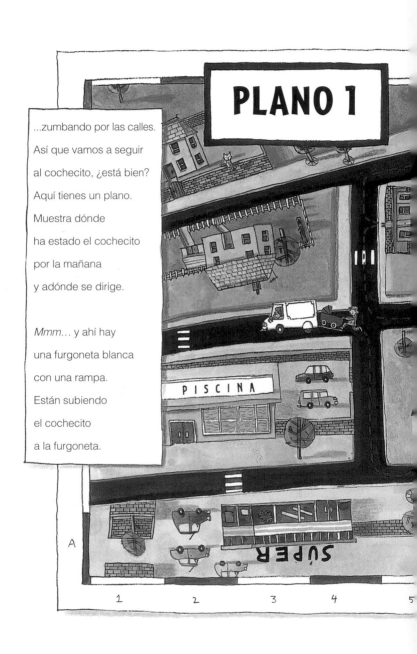

PLANO 1

...zumbando por las calles.
Así que vamos a seguir
al cochecito, ¿está bien?
Aquí tienes un plano.
Muestra dónde
ha estado el cochecito
por la mañana
y adónde se dirige.

Mmm… y ahí hay
una furgoneta blanca
con una rampa.
Están subiendo
el cochecito
a la furgoneta.

PISCINA

SÚPER

A

1   2   3   4   5

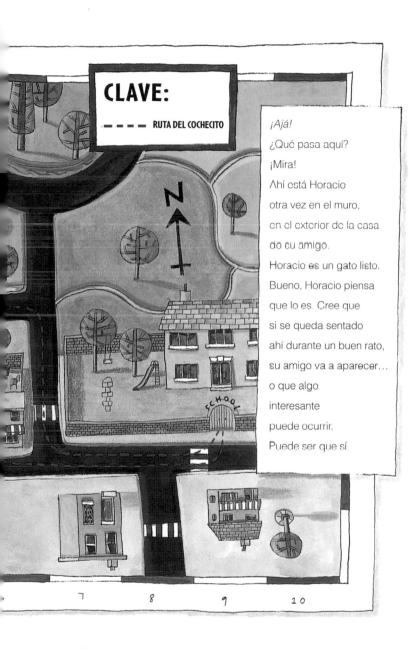

CLAVE:

– – – – RUTA DEL COCHECITO

N

SCHOOL

¡Ajá!

¿Qué pasa aquí?

¡Mira!

Ahí está Horacio

otra vez en el muro,

en el exterior de la casa

do su amigo.

Horacio es un gato listo.

Bueno, Horacio piensa

que lo es. Cree que

si se queda sentado

ahí durante un buen rato,

su amigo va a aparecer…

o que algo

interesante

puede ocurrir.

Puede ser que sí

Capítulo tres
Te presentamos al señor Enérgico

De vuelta en la escuela,
Gus y Gloria
y los otros chicos
estaban en la clase
hablando sobre Ramón

—¡Pobre Ramón!
—¡Pobre Ramón!

y esperando al maestro
sustituto. (La señorita
Pestiño se había ido
a casa en un taxi,
llena de heridas
y arañazos.)

23

De repente, *¡pum!,* se abrió
la puerta de la clase,
las ventanas retumbaron,
el suelo tembló…
y allí estaba.

Muy alto.
Muy ancho.
Con una enorme bolsa
grande y pesada.

Y se llamaba
¡SEÑOR
ENÉRGICO!

El señor Enérgico era profesor
de educación física,
un mamut en plena forma.
Había estado en el ejército
y en la armada.
Era un hombre de pocas
palabras...
y le encantaba correr.

El director, el señor Pillo,
le estrechó la mano
al señor Enérgico...

¡ayy!

y se arrepintió
de haberlo hecho.

El señor Enérgico dijo:

—¡Buenos días, niños!

Y las ventanas volvieron a retumbar.

Y luego comenzó la clase.

Durante toda la mañana el señor Enérgico enseñó a leer, a escribir y a correr.
Sobre todo a correr.

Hicieron carreras de obstáculos en la clase, carreras de relevos en los pasillos y vueltas...
y vueltas...
al campo de deportes.

¡Y vueltas!

A la hora del almuerzo,
Gus y Gloria
y los demás
habían olvidado
a Ramón,
y resoplaban
y jadeaban
e incluso dormían...
en el césped.

Mientras tanto,
¿dónde está Horacio?
Estaba en ese muro
la última vez
que lo vimos,
¿verdad?

Pero ya no está ahí.

También mientras tanto,
¿dónde está el cochecito?
Bueno, todavía
sigue zumbando…
¡mira!

Por la calle,
tuerce una esquina,
sube la rampa…
y se mete en la furgoneta.

Ese cochecito parece
un poco raro, ¿no?
Vamos a verlo más
de cerca.

29

Vamos a ver
qué tipo de bebé
lleva dentro.

Vamos a ver,
más cerca,
más cerca…

¡Oh, no…!

¡Miau!

¡Pero si es Horacio!

Capítulo cuatro

¿Ha visto a este hámster?

A las dos en punto de la tarde
la intranquilidad se extendía
por toda la ciudad.
Faltaban gatos
y faltaban perros,
hámsters,
cobayas…

¡y peces de colores!
¡Y también periquitos!

Incluso (bueno,
en este momento todavía
no, pero poco faltaba),
incluso pingüinos.

Sí, los pobres dueños se paseaban
calle arriba y calle abajo
silbando y llamándolos:

—¡Toma, Toby!

—¡Toma, Benito!

—¡Toma, Tartita!

Algunos
pusieron carteles,

¿HA VISTO
A ESTE
HÁMSTER?

Otros llamaron
a la policía.

En el colegio
los niños no
sabían nada
de esto. Lo único
que les preocupaba
era Ramón.

—¡Pobre Ramón!

¿HA VISTO
A ESTE
HÁMSTER?

Si tiene información llame
al teléfono 011326598

En lo único que pensaban
era en sus doloridos pies.
Durante la clase de lectura,
el señor Enérgico les hizo
levantar libros pesados.

En la de ciencias les hizo elevar…
¡a sus compañeros!

Y en la de música, y en la de dibujo,

y en la de hogar...
les hizo correr.

Cuando llegaron a casa, Gus
y Gloria se sentaron en la cama
con su madre y le contaron todo
lo que habían hecho.

—¡Es terrible, mamá!

—¡Todavía me tiemblan las piernas!

—¡Estamos moribundos!

—Vaya, vaya —dijo la señora Gaskitt.
O más bien: *"Ffya, ffya"*, ya que
en ese momento se estaba comiendo
un sándwich. Sí, uno de piña
y huevo frito otra vez.

También, como puedes ver,
volvía a estar en la cama.
Y todavía no eran ni las cinco.

¿Por qué?

Mientras tanto, en la planta de abajo,
el señor Gaskitt preparaba la merienda,
planchaba la ropa
y escuchaba la radio.

"¡EL MISTERIO DE LOS
ANIMALES
DESAPARECIDOS!",

chillaba la radio.

"¡PERROS Y GATOS
SE ESFUMAN
EN EL AIRE!".

"¡LA POLICÍA
SIN PISTAS!".

El señor Gaskitt dobló
una camiseta
y la puso en el montón.
Miró en el horno
y abrió la puerta
de la cocina.
El señor Gaskitt
se quedó mirando
un buen rato el jardín
y se frotó la barbilla.

—¿Dónde
está
Horacio?

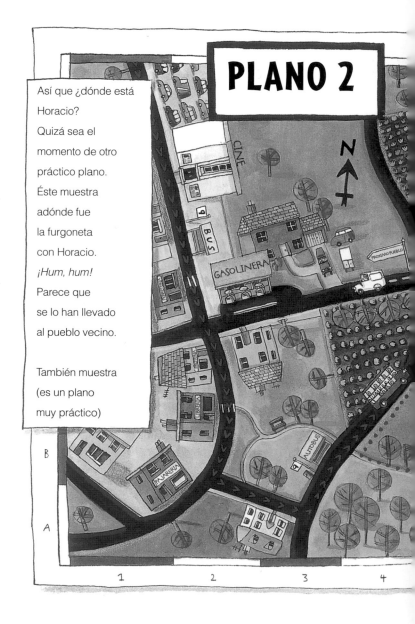

PLANO 2

Así que ¿dónde está Horacio?

Quizá sea el momento de otro práctico plano. Éste muestra adónde fue la furgoneta con Horacio.

¡Hum, hum! Parece que se lo han llevado al pueblo vecino.

También muestra (es un plano muy práctico)

CINE

BUS

GASOLINERA

PRÓXIMO PUEBLO

PAJARERÍA

AUTOBÚS

B

A

1   2   3   4

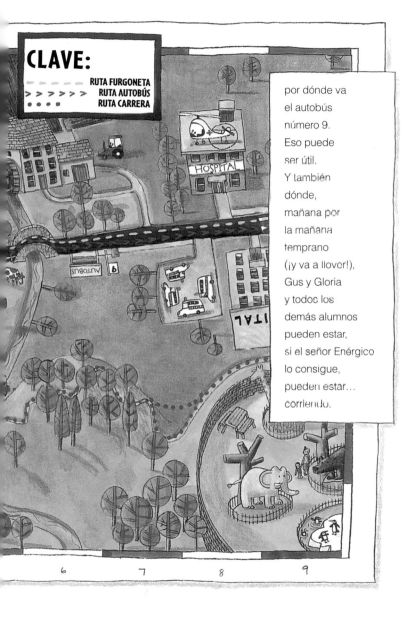

CLAVE:

- - - - - - **RUTA FURGONETA**
> > > > > > **RUTA AUTOBÚS**
● ● ● ● **RUTA CARRERA**

HOSPITAL

por dónde va
el autobús
número 9.
Eso puede
ser útil.
Y también
dónde,
mañana por
la mañana
temprano
(¡y va a llover!),
Gus y Gloria
y todos los
demás alumnos
pueden estar,
si el señor Enérgico
lo consigue,
pueden estar…
corriendo.

6 7 8 9

Capítulo cinco

Juan el honesto

Esa noche Gus y Gloria no pudieron pegar ojo. Lo único en lo que podían pensar era:

¡Pobre Horacio!

Habían recorrido todas las calles,
habían llamado a las puertas
y habían buscado por todos los sitios…
pero no habían podido encontrarlo.

El señor y la señora Gaskitt
—mira, ¡ha salido de la cama!—
han conducido por toda
la ciudad y no han podido
encontrarlo.

Mientras tanto, en el pueblo vecino…,
en la trastienda de una pajarería,
un montón de animales tristes
ladraban,
maullaban,
piaban
y hacían otros ruidos
con la esperanza
de que los
soltaran.

En el piso superior de la pajarería,
Juan el honesto
jugaba a las cartas
con su honesta madre
y su honesto tío Gil.

¿Pajarería? ¿Pajarería?
¿Qué pasa aquí?
¿Y quién es "Juan el honesto"?

Bien, Juan el honesto
(ya es hora de que lo sepas)
cree que es una especie
de "recogemascotas". Él rescata
animales, o eso dice, que están
perdidos o abandonados
y les busca
hogares nuevos
y acogedores.

Le ayudan en ese trabajo
su madre y su tío.

Normalmente viajan
de pueblo en pueblo,
abren una tienda por
un tiempo, ganan
un poco de dinero,
juegan un poco
a las cartas…
y siguen viajando.
Juan el honesto
no pretende
hacer daño.
No haría daño
ni a una mariposa,
o eso dice él,
ni a un hámster…
ni a un gato.

Lo peor que podría hacerles
es llevarlos a una tienda
—¡oh, no! ¡Pobre Horacio!—
y venderlos.

Capítulo seis

Pollitos en fuga

Eran las seis y media
de la mañana.
Horacio estaba sentado
en la ventana de la pajareria
de Juan el honesto viendo
pasar la vida.

Horacio era un gato inteligente.
Bueno, eso era lo que Horacio creía.
Ahora estaba pensando,
y había estado pensando,
desde que Juan el honesto
lo atrapó, en cómo escapar.

Mientras tanto, en la ventana
cercana a Horacio…
¡estaba Ramón!
Él también estaba pensando
en cómo escapar.

—Necesitamos un plan —dijo
Horacio—. Tal vez podríamos
cavar un túnel o conseguir
un cortacristales.

—*Hum…* —Ramón no decía nada,
pero se frotaba la pequeña barbilla.

Ramón, como puedes ver,
sí que era inteligente.
Después de todo,
vivía en una escuela.
Ramón era muy culto.

RATÓN
$2

Horacio tenía mucha imaginación.

—¡Puede ser fantástico!

—gritó—. ¡Como en la película
Pollitos en fuga!
Podemos ser famosos,
salir en la tele,
¡yuju!

Y dijo (o mejor, gritó):

—¡Podríamos hacer una escalera
con cuerdas!
¡Podríamos disfrazarnos!

—No —dijo Ramón.

Estaba observando la enorme
jaula en la que se encontraban.

—Tengo una idea mejor.
Despierta a la cobaya.

La cobaya se llamaba
Marisa...
y no estaba durmiendo,
sólo estaba harta.

—Es imposible —gruñó—.
Nunca saldremos de aquí.

—Ya verás como sí —dijo
Ramón.

—Súbete en la espalda
de Horacio.

—¿Para qué? —preguntó
Marisa, pero lo hizo.

Y entonces, ¡fíjate bien!,
Ramón, el inteligente Ramón,
se sube en la espalda de Marisa
(bueno, en realidad en su cabeza).

RATÓN
$5

y
se estira

y
se estira

y
se estira…

hasta el pestillo…
de la puerta…
de la jaula.

Capítulo siete

Otra vez el cochecito

Entonces la acción se acelera.

Entonces todo va más rápido.

Entonces… bueno, ya entiendes, ¿no?

De todas formas,

aquí tienes el HORARIO:

6.45

Horacio, Marisa y Ramón
salen de puntillas *(¡shh!)*
por la ventana de la tienda.

7.30

Juan el honesto,
la señora Gaskitt,
la señorita Pestiño
y el señor Enérgico
desayunan. Cada uno
en un lugar diferente,
por supuesto.

8.15

La madre de Juan el honesto
carga el cochecito en la
furgoneta y sale
con ella
y el
honesto
tío Gil.

A la misma hora, Horacio,
Marisa y Ramón
se escurren por la
puerta abierta y corren
por la calle.

8.55

Gus, Gloria y los otros
se cambian de ropa
para la carrera por las
calles.

...mienza a llover.

...nco minutos más tarde,

...señorita Pestiño se

...elve a caer

¡Pobre señorita Pestiño!

...tropezar con una alfombra

...ando iba al baño.

.15

...tío Gil saca

...su "bebé"

...ara dar un

...aseíto por el zoológico.

...autobús número 9,

...ientras tanto, sale de

...calle Pez... con ocho

...inutos de retraso.

9.30

La señora Gaskitt se sienta

en la cama. Su cara tiene

una expresión rara. ¿Lo ves?

Como si estuviera feliz

y triste al mismo tiempo.

¿Por qué?

9.45

El señor Enérgico

y su clase

ya han salido

a correr.

A la misma hora, en una

callejuela detrás del zoológico

(mira, aquí llega),

otra vez el cochecito

con el honesto tío Gil...

zumbando.

Capítulo ocho

¡Qué listo es Ramón!

Horacio, Marisa y Ramón
se escondían tras un contenedor de
basura junto a una parada de autobús.
Ramón estaba pensativo.
Marisa estaba abatida.
Y Horacio…
tenía mucha imaginación.

—¡Es como en esa película...! —gritó—.
*De regreso a casa: una aventura
increíble,* en la que los animales
recorren miles y miles de kilómetros
para regresar a su hogar.
—¿Uno de ellos era una cobaya?
—preguntó Marisa.

—No lo recuerdo —dijo Horacio.
—De todas formas,
podríamos hacer lo mismo.
Escondernos en un granero,
por la noche,
guiarnos por las estrellas...
correr aventuras.

Pero Ramón sólo
tosió y se frotó la
pequeña barbilla.
—No —dijo—.
Tengo una
idea mejor.

Mientras tanto, en el exterior del zoológico
el honesto tío Gil iba zumbando
con un cochecito lleno de pingüinos.
Sí, ¡pingüinos!
Se suponía que iba por loros,
pero el tío Gil
siempre quiso
un pingüino.
O dos.
U ocho.

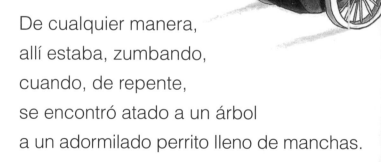

De cualquier manera,
allí estaba, zumbando,
cuando, de repente,
se encontró atado a un árbol
a un adormilado perrito lleno de manchas.

—¡Todavía queda un lugar!
—gritó el tío Gil.
Y tomó al perrito
y lo estaba metiendo
con los pingüinos
cuando…

doblando la esquina,
llegaban Gloria y Gus
y Tracey y Billy y otros cuantos.

¡Vaya, vaya!

También al mismo tiempo,
el señor y la señora Gaskitt pasaban
con el coche. Vieron a Gus y a Gloria
y les saludaron con la mano…
pero no podían detenerse.
El señor Gaskitt llevaba
a la señora Gaskitt
(¡oh, no!) al hospital.

¿Qué ocurre?
¿Se encuentra mal?
No parece
que esté enferma.

Al mismo tiempo, también,
el autobús número 9 estaba…
Bueno, las cosas se están
complicando demasiado,
¿no crees?

Tal vez nos
vendría bien un…

PLANO 3

... un plano más.

Mira: ahí está
el cochecito
con la furgoneta
estacionada en la esquina.

Ahí están Gus y
Gloria y los otros
y también
el señor Enérgico.

Ahí están el señor
y la señora Gaskitt en el coche.

Ahí está el autobús
número 9.

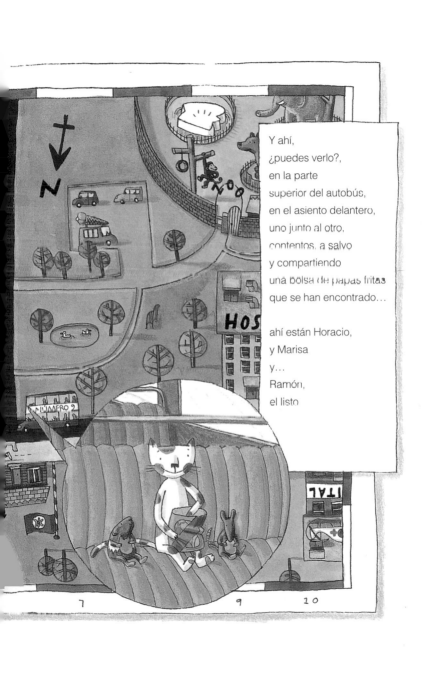

Y ahí,
¿puedes verlo?,
en la parte
superior del autobús,
en el asiento delantero,
uno junto al otro,
contentos, a salvo
y compartiendo
una bolsa de papas fritas
que se han encontrado…

ahí están Horacio,
y Marisa
y…
Ramón,
el listo

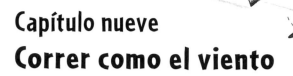

Capítulo nueve
Correr como el viento

Pero ¿qué ocurrió después?, te preguntarás. *Humm...* bueno, vamos a ver.

El tío Gil salió zumbando con el cochecito ladrando (el perrito ya estaba completamente despierto).

Como un cohete, dobló la esquina,

recorrió la calle, subió la rampa, se metió en la furgoneta... y se fue.

64

Y tras él
venían Gus
y Gloria
y Billy
y Tracey.
Y Margarita
y María
y Tom
y Rupert
y Buster
y Pili
y Esmeralda
y el señor
Enérgico…
y otros cuantos.

Y comenzó
la carrera,
¿la carrera...?
¿Una carrera entre
una furgoneta
y unos niños? Sí,
y estuvo más ajustada
de lo que crees. ¿Ves?,
los chicos eran jóvenes,
fuertes y corrían como
el viento. El señor Enérgico
estaba orgulloso de ellos.

65

Por su parte, la furgoneta era robada,
vieja y no había pasado la verificación
vehicular.

Así que gracias a los semáforos,
los pasos de peatones y a otras cosas,
Gus y Gloria
y los demás
pudieron seguirla…
por una calle
y por otra,
por una cuesta
y por el puente…,
todo el camino,
hasta el pueblo vecino.

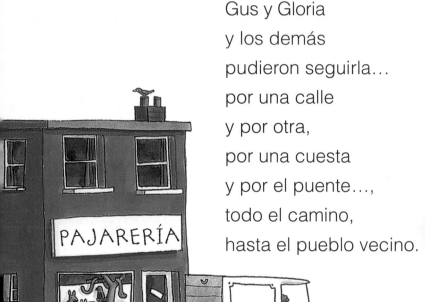

Hasta la casa de Juan el honesto.

Mientras tanto,
Juan el honesto
estaba trabajando
y hablaba
con un cliente.

De repente
irrumpieron
su honesta madre,
su honesto tío,
un perrito enojado
que ladraba,
cuatro o cinco
pingüinos
(—¡Pingüinos! —gritó
Juan—. ¿Dónde están
los loros?) y una clase entera
de sudorosos y valientes…

¡Niños!

Sin olvidarnos
del señor Enérgico.
Entonces comenzó
la batalla.
Bueno, no fue
una gran batalla.
La madre de Juan
el honesto
trató de escaparse,
pero se tropezó
con un pingüino
y varias niñas
se le sentaron encima.
Y también el pingüino.

Juan el honesto
golpeó
al señor Enérgico
en la barriga

¡Ayyy!

y deseó
no haberlo hecho.

El honesto tío Gil
se dio cuenta
de cómo estaban
las cosas, movió
los hombros
y se rindió.

Mientras tanto, en el hospital,
la señora Gaskitt volvía
a estar en la cama.
Un médico escuchaba
su barriga con un estetoscopio.
Hum, ¿qué ocurre?
Vamos a escuchar,
¿sí?
Shh…

—¿Dónde estoy?

—¿Qué pasa?

—Aquí dentro está muy oscuro.

—Se me antoja un pastel.

—¡Ah, esto se mueve!

—Parece que hay luz...

—¿Dónde? Dónde... *¡Buaaah!*

Ya estamos aquí (¿lo habías adivinado?).

A la una y media de la tarde

de un miércoles

de septiembre,

la señora Gaskitt

(y también el señor Gaskitt)

tuvieron un bebé.

El pequeño Gary Gaskitt:

Pelo castaño.

Ojos azules.

3 kilos 250 gramos.

Capítulo diez
El horario final

Entonces el ritmo se hace más lento.

Las cosas se empiezan a aclarar.

Entonces… bueno, ya entiendes.

De todas formas,
aquí tienes el último
HORARIO:

1.30

Nace el pequeño Gary Gaskitt.

1.45

Llega la policía (pero no
al hospital, ¿eh?) y mete
a Juan el honesto y a su banda
en una furgoneta.

La policía está contenta.
Han capturado a unos
peligrosos delincuentes…

y han recuperado

¡Hola,
Tartita!

a su perra.

2.15

Mientras tanto, Gus
y Gloria y los otros
chicos están tristes.
Han rescatado a muchos
animales, pero ¿dónde está
Horacio? ¿Dónde está Ramó
¿Y dónde (si supieran quién
está Marisa?

2.40

Los chicos regresan…
al colegio.

¡Hurra!

¡Hurra!

¡Hurra!

¡Allí están!

4.00

En la comisaría, Juan
el honesto y su madre
juegan un poco a las cartas…

y ganan
un poco de dinero.

5.30

La señorita Pestiño ve la tele
y ya está pensando
en regresar al colegio.

El señor Enérgico sale
a echar una carrerita
con su novia.

Al mismo tiempo,
el señor Gaskitt
lleva a Gus, a Gloria
y a Horacio
al hospital…
para vivir un final feliz.

¡Y un comienzo

Capítulo once
Mientras tanto...

Una semana más tarde,
los Gaskitt (los cinco)
estaban todos sentados
en el sofá.
Todos menos el pequeño
Gary, que estaba en su
cunita.

¡Los seis!
¡Yo también
soy un Gaskitt!

Bueno,
estaban
bebiendo café,
comiendo pastel
y pegando las fotos
de Gary en el
álbum familiar.

Había una foto de Gary
con una hora,

una foto de Gary
con un día,

una foto de Gary
con dos días…

y etcétera.

Mientras tanto, el pequeño Gary
está tumbado en su cuna viendo
pasar la vida.

Gary Gaskitt es un niño muy inteligente.
(Bueno, eso es lo que piensa la señora
Gaskitt). Ahora mismo está pensando
que si se queda ahí tumbado durante
bastante tiempo, algo…

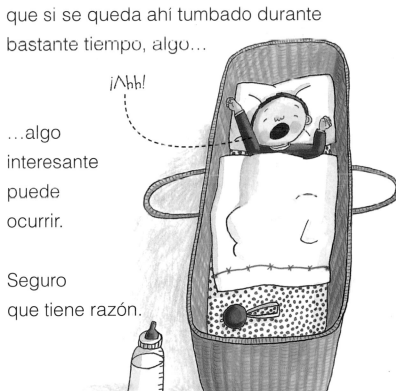

…algo
interesante
puede
ocurrir.

Seguro
que tiene razón.

¡Adiós!